# LETTRES

DE

# DESCARTES

GENÈVE. IMPRIMERIE CAREY FRÈRES, VIEUX-COLLÈGE

# LETTRES INÉDITES

DE

# DESCARTES

PRÉCÉDÉES

D'UNE INTRODUCTION

par

**EUGÈNE de BUDÉ**

**PARIS**

LIBRAIRIE DE A. DURAND ET PEDONE-LAURIEL

Rue Cujas, 9 (ancienne rue des Grès, 7)

1868

A

Monsieur le Professeur

Ernest Naville

---

Ce mémoire communiqué à l'Académie des Sciences morales et politiques (Institut impérial de France, séance du 22 Août 1868), a fait dans ce Corps l'objet d'un rapport de M. Paul Janet.

# INTRODUCTION

AUX

# LETTRES DE R. DESCARTES

Bien que les lettres qui suivent ne modifient en aucune façon l'idée de la doctrine de Descartes, elles excitent l'intérêt qui se rattache toujours à la vie d'un grand homme. En les présentant au public, nous sommes heureux de rendre encore cet hommage au rénovateur du dix-septième siècle, qui doutant, mais pour se fixer plus tard à de plus fermes croyances, anéantissant, mais pour reconstruire sur de plus solides bases, a refait, par les puissantes forces de son génie, tout l'édifice des sciences modernes.

Nous n'avons point à faire ici l'éloge du philosophe. Sa vie a été plusieurs fois écrite, et d'habiles critiques ont laissé de précieux commentaires sur les travaux de cet esprit accompli qui, se dégageant de la servitude des traditions, sut discerner le vrai du faux, et, s'élançant dans une voie nouvelle, parvint, dans l'ordre de la science, au plus haut degré de spiritualité.

Notre tâche se borne donc à ajouter quelques pages de plus aux publications déjà si nombreuses consacrées à ce génie remarquable.

Comme les inédits de Descartes que nous mettons au jour ne sont pas des originaux, mais une copie datant du dix-septième siècle, nous devons tout d'abord l'explication de leur origine.

En poursuivant quelques recherches historiques dans les archives de la famille Turrettini (que nous possédons en partie aujourd'hui), nous avons trouvé un manuscrit intitulé : « *Copie de quelques lettres de Mons^r DesCartes à Mons^r Pollot, qui ne sont pas imprimées.* » Ce titre, après un examen fort attentif, a été reconnu être de la main de François Turrettini, pasteur et théologien genevois, qui vivait dans la seconde moitié du dix-septième siècle, et qui fut allié aux Pollot par sa mère, demoiselle de Masse de Chauvet, ainsi que le prouve *le testament de dame Elisabeth de Masse de Chauvet, veuve de noble spectable François Turrettini*, pour noble et spectable J.-A. Turrettini, pasteur et professeur en l'Académie de Genève, son fils héritier institué, du 3 Novembre 1713, homologué le 19 Décembre 1716, pièce justificative que nous possédons dans nos archives.

Tout dans ces lettres de Descartes parle en faveur de leur authenticité. Nous trouverions, dans les détails nombreux que ces missives contiennent sur les événements contemporains, dans la coïncidence exacte de leurs dates, dans les noms des personnages mis en scène, dans les lieux d'où ces lettres sont écrites, des preuves évidentes de la certitude de ces pièces; mais c'est le style surtout, ce cachet inimitable de l'individualité humaine, qui nous fournit la meilleure démonstration. Comme on va le voir, ces pages présentent toutes les qualités qui caractérisent la plume de Descartes, savoir : l'originalité, la souplesse, la grâce, l'élégance, la force et la grandeur. La nature même de ces documents ne permettrait guère, d'ailleurs, de supposer qu'ils fussent une imitation. En effet, partisan ou ennemi des opinions cartésiennes, un faussaire ne se serait pas livré au travail difficile de la fabrication littéraire, pour écrire des missives qui, après tout, ne changent en rien les doctrines du grand philosophe.

La première de nos lettres, avec quelques variantes, se retrouve seule dans l'édition de Victor Cousin, à la page 414 du tome VII. Comme là elle est beaucoup plus longue que dans notre manuscrit, et qu'elle porte une date différente (26 Février 1638, au lieu du 12 du même mois), il est probable qu'elle a été jointe à une missive plus étendue, adressée au même personnage et traitant d'un sujet analogue. Nous voyons dans le fait de l'authenticité patente de la première de ces lettres une nouvelle preuve en faveur de celle des autres. Quant à ces dernières, elles ne se retrouvent ni dans l'édition latine parue chez Daniel Elzevire, en CIƆIƆCLXVIII, sous le titre de : *Renati DesCartes Epistolæ, partim ab auctore latino sermone conscriptæ, partim ex Gallico translatæ*, ni dans les Œuvres posthumes publiées en 1701. Elles ne se trouvent non plus dans les Inédits de Descartes, publiés par Le Clère en 1811. Nous ne les avons pas mieux découvertes dans les éditions primitives, ni dans celle de Victor Cousin, qui en est la reproduction dans un ordre bien meilleur, et qui, augmentée de la traduction des lettres latines, présente la collection la plus complète des *Œuvres* et de la Correspondance de Descartes. Nous avons aussi soigneusement confronté notre manuscrit avec les deux volumes de M. le comte Foucher de Careil, dont l'un parut en 1859 et l'autre en 1860, sous le titre d'*Œuvres inédites de Descartes, précédées d'une introduction sur la méthode*, et nous avons également constaté l'absence de nos lettres de ces publications où sont insérées des correspondances fort intéressantes de Descartes avec le P. Olier, MM. de Wilhelm, de la Thuillière et Constantin Huygens. Enfin, nous sommes parvenus au même résultat, en lisant le volume du Prof[r] Millet, portant pour titre : Histoire de Descartes avant 1637, suivie de l'Analyse du Discours de la Méthode et des Essais de philosophie, et auquel M. Janet, de l'Institut, a consacré tout récemment un remarquable article dans la Revue des Deux Mondes.

L'époque de la vie de Descartes, que le Profess[r] Millet étudie dans son intéressant ouvrage, étant antérieure à 1638, époque où commencent nos lettres, nous avons poursuivi nos investigations pour les deux missives de notre manuscrit qui ne sont pas datées, mais qui, par leur objet même, sont comprises dans la même période d'années que les autres.

Bien que le titre de ces missives fasse supposer qu'elles soient toutes adressées à de Pollot, deux d'entre elles sont écrites à M. Van Sureck.

Consacrons maintenant quelques lignes aux destinataires de cette correspondance.

M. de Pollot, dont le nom est plusieurs fois mentionné dans la vie de Descartes par Baillet, était un gentilhomme de la cour du prince d'Orange, et qui fréquentait celle de la princesse de Bohême à la Haye. Ami particulier de Descartes, M. de Pollot entretenait avec lui une correspondance à la fois scientifique et familière. Il lui parlait souvent de la taille des verres, car, de compagnie avec M. de Zuitlichem, M. de Pollot occupait à cette opération les meilleurs ouvriers d'Amsterdam. Il quitta le séjour de la Haye pour aller remplir la chaire de philosophie et de mathématiques à Bréda, dans le nouveau collége que le prince d'Orange fonda sous le nom d'*Ecole illustre*. Les forts appointements et les beaux priviléges destinés à l'enseignement de ce collége (qui était une sorte d'Université) donnèrent lieu au prince et aux curateurs de choisir les maîtres parmi les plus savants. Il ne s'en trouva point, nous dit Baillet, de plus capables, ni de réputation plus avantageuse que le Sr Jean Pell, anglais, ci-devant professeur de mathématiques à Amsterdam, et M. de Pollot, qui rendit cette Université cartésienne dans sa naissance. Descartes éprouva pour son ami un sentiment de vive gratitude et lui témoigna en particulier la joie qu'il ressentait à la pensée qu'on voulût faire fleurir les sciences dans une ville où il avait été soldat. On sait, en effet, que le philosophe avait débuté par la carrière des armes, qu'il prit du service comme volontaire sous Maurice de Nassau en 1617, et sous le duc de Bavière en 1619, mais qu'il quitta l'armée en 1620 pour faire ses voyages en Hollande, en Allemagne, en Italie et en France.

Plus tard, lorsqu'il eut à se défendre, dans un procès célèbre, contre les attaques de Vœtius, M. de Pollot s'intéressa d'une manière très-efficace à la cause de son ami, en intervenant auprès du prince d'Orange et de quelques hommes influents d'Utrecht.

M. Van Surek est surtout connu sous le nom d'Antoine Studler de Berghem, en Kennemerlandt. C'est de lui que Descartes empruntait quelquefois des sommes d'argent. En 1649, avant de partir pour la cour de Suède, Descartes, saisi par le pressentiment d'une fin prochaine, mit en ordre ses affaires, fit le relevé de ses dettes qui consistaient en emprunts (tout particulièrement à M. Studler de Berghem), et en assura le remboursement, dit Baillet, « sur ce qu'il avait de plus clair et de plus présent parmy ce qui luy estoit dû en Bretagne et en Poitou. » Il fit remplir deux coffres de ses vêtements et de ses papiers, et les expédia en Suède. Il enferma tout ce qui lui restait dans une malle qu'il mit en dépôt à Leyde, chez M. de Hooghelande, avec une lettre datée du 30 Août, par laquelle il priait son ami d'ouvrir ce coffre aussitôt qu'il apprendrait la nouvelle de son décès, et cela en présence de M. Van Surek. La malle fut ouverte par-devant un notaire public pour la cour provinciale de Hollande. M. de Berghem, qui était un des plus forts créanciers du philosophe, trouva tous les titres de reconnaissances pour se faire payer l'argent qui lui était dû par les parents du défunt. Baillet fait entendre que M. Van Surek de Berghem prit aussi quelques écrits de Descartes, qui se trouvaient parmi divers livres et papiers de son illustre débiteur, et qu'il n'eut pas, pour les restituer au public, le désintéressement de M. Chanut, ni le zèle de M. Clerselier. Il ne paraît pas, en effet, que ces précieux documents aient jamais été découverts.

Les services que M. Van Surek avait rendus à Descartes n'étaient pas seulement des secours financiers. Bien que le philosophe se vantât de pouvoir conserver la solitude au milieu de la foule comme dans le fond des déserts, on sait qu'il préférait néanmoins le séjour des villages et des maisons de campagne. Rarement ou jamais faisait-il adresser les lettres et les paquets directement à son domicile, et cela en vue de vivre mieux caché. Il chargeait l'un de ses amis de lui faire parvenir son courrier, et lorsqu'il habitait Amsterdam ou ses environs, c'était de M. Van Surek qu'il recevait sa correspondance.

Les lettres que nous publions aujourd'hui embrassent par leurs dates une période de dix années (1638-1648) et appartiennent, comme on le voit, à cette époque de la vie de Descartes qui fut signalée pour lui par deux grandes préoccupations; l'une qui fit son malheur, l'attaque incessante de ses ennemis, l'autre qui fit sa joie consistait dans la relation littéraire qui s'établit entre lui et la princesse Palatine Elisabeth.

Dans la période de la vie de Descartes qui nous occupe, le philosophe eut principalement à subir les agressions de Gisbert Voetius. Ce dernier était à la tête des professeurs péripatéticiens de l'Université d'Utrecht. Doué d'un naturel violent, champion passionné des anciennes doctrines, il s'éleva avec force contre les nouvelles opinions de Descartes qu'il accusait d'athéisme. N'osant pas se prendre corps à corps avec son adversaire, il envoya à sa place pour entrer en lice l'un de ses élèves Martin Schoock qui, sous sa dictée, écrivit contre Descartes un livre diffamatoire intitulé : *Methodus novae philosophiae Renati Descartes* auquel Descartes répondit par une lettre adressée non point à Schoock, mais à Voetius qu'il savait être le véritable auteur de l'ouvrage. Blessé de la fine ironie avec laquelle son antagoniste se disculpait lui-même tout en démasquant son ignorance, Voetius redoubla de colère, entoura les magistrats et obtint une sentence qui condamnait comme diffamatoire la réponse qui lui avait été adressée par Descartes. Ce dernier fut cité au son de la cloche à comparaître sous la double accusation d'athéisme et de calomnie. L'affaire s'agrava et Descartes craignit d'être condamné à l'amende et à voir ses papiers brûlés. On dit même que son adversaire avait déjà traité avec le bourreau pour qu'il n'épargnât pas le combustible dans le bûcher et que la flamme se vît de loin. Ne résidant pas à Utrecht même, le philosophe fut informé à temps de cette procédure et parvint à la faire casser grâces à l'intervention

de l'ambassadeur de France et du prince d'Orange. Plus tard, Descartes voyant les États généraux blâmer la conduite des Magistrats d'Utrecht, reprit l'offensive et cita Schoock devant le Sénat académique de l'Université de Groningue où il avait professé autrefois. Ce fut Voetius qui recueillit toute la honte de cette affaire, car Schoock afin de se disculper, déclara que pour lui il ne considérait nullement Descartes comme un athée et que tous les passages de son manuscrit qui offensaient le plus le philosophe avaient été ajoutés par la plume de Voetius. Le Sénat pria Descartes de se contenter de ces rétractations puisqu'il sortait avec avantage de la lutte. Le 11 Juin 1645 la Justice de la ville d'Utrecht publia un acte par lequel « il estoit deffendu très-rigoureuse-
« ment à tous imprimeurs et libraires dans cette
« ville et franchise, d'imprimer ou faire impri-
« mer, de vendre ou faire vendre aucuns libelles.
« ou autres escrits, tels qu'ils puissent estre, pour
« ou contre Descartes. »

Il s'établit à la même époque entre le philosophe et la Princesse Palatine Elisabeth des relations littéraires et scientifiques qui furent comme une consolation aux amers tracas suscités à Descartes par ses ennemis. Dans une savante Etude intitulée: Descartes et la Princesse Palatine, ou de l'influence du Cartésianisme sur les femmes du XVIIe siècle, étude publié au tome XIII des *Mé-*

*moires de l'Académie des Sciences morales et politiques*, de France, M. le Cte Foucher de Careil consacre à la correspondance du philosophe avec cette Princesse des pages d'un rare intérêt.

La Princesse Elisabeth joignait aux avantages physiques les dons plus précieux de l'esprit. Fille aînée de la reine de Bohême, alors exilée et qui dans sa retraite de Hollande réunissait autour d'elle les plus illustres Cartésiens, elle avait puisé dans le salon de sa mère un goût passionné pour la philosophie.

Dans le but de mieux préparer son esprit à cette importante étude, elle avait eu soin, nous dit-on, de le cultiver dès sa plus tendre enfance par la connaissance d'un grand nombre de langues et de tout ce que l'on comprend sous le nom de *Belles-Lettres.* Elle progressa dans la philosophie et les mathématiques jusqu'à ce qu'ayant vu les *Essais* de Descartes elle conçut une si forte passion pour sa doctrine qu'elle compta pour rien tout ce qu'elle avait appris auparavant, et se mit avec une confiance plénière sous la discipline de ce grand maître. Ayant pris quelques informations sur lui auprès du Burgrave de Dhona, de M. de Zuytlichem, de M. de Pollot, et de tous ceux qui se déclaraient ses amis et sectateurs, elle le pria de venir chez elle à Leyde lui enseigner la source de la vraie philosophie. Descartes l'accoutuma insensiblement à la méditation profonde des plus grands mystères de la nature et l'exerça aussi dans les questions les plus abstraites de la géométrie et de la métaphysique.

La Princesse s'entretint oralement de philosophie avec son maître jusqu'au jour où quittant la Hollande pour l'Allemagne, elle remplaça ces conférences par une active correspondance; de telle façon que le commerce littéraire qui s'était établi entre la Princesse Elisabeth et Descartes n'eut point tant à souffrir.

Après maintes péripéties politiques dans lesquelles nous n'avons pas à entrer, la Princesse-philosophe accepta sur la fin de ses jours l'Abbaye de Herworden, ville hanséatique de la Westphalie dans le Comté de Ravensperg. Elle transforma cette asile de paix en une Ecole de philosophie ouverte à toutes sortes de personnes lettrées sans distinction de sexe ni de religion. Les Catholiques, les Calvinistes, les Luthériens, les Sociniens et les Déistes y étaient également bien reçus. Pour y être admis il fallait être partisan de la philosophie cartésienne. On voit que la Princesse Elisabeth avait des opinions très-larges. « La vertu de son cher maître, dit Baillet, qu'elle témoignait avoir reconnue et honorée très-particulièrement ne lui permettait pas de ne pas estimer la religion catholique dont elle lui avait vu faire les exercices. Les engagements de sa naissance et les préjugés de sa première éducation la retenaient attachée à la religion de sa famille qui était le Calvinisme, dont elle fit profession au moins extérieurement jusqu'à sa mort. Son dernier établissement l'engageait au Luthérianisme, ayant à vivre dans une abbaye de constitution luthérienne et à gouverner des Religieuses qui en faisaient profession. » Cette abbaye fut considérée comme une des premières écoles cartésiennes, mais elle ne subsista que jusqu'à la mort de la Princesse, en 1680.

Les principaux personnages cités dans ces nouvelles lettres de Descartes sont Monsieur Reneri et de Roi (le second connu sous le nom de Regius) qui tous deux professaient dans le sens de la Méthode ; M. de Zuytlichem collaborateur de M. de Pollot dans les expériences relatives à la taille des verres, poète cartésien et correspondant du philosophe; M^me^ la Princesse de Bohême, MM. de Pollot, et Voetius déjà mentionnés, M. Vassenaer, médecin issu d'une des plus anciennes familles de Hollande ; M. de la Thuilerie, ambassadeur de France que nous avons vu intervenir dans les démêlés entre Descartes et Voetius et rendre ainsi de grands services au premier, M. Vander Hooleck, magistrat de la ville d'Utrecht et qui favorisa dans cette Université la diffusion des idées cartésiennes ; S. A. le prince d'Orange qui fonda l'Université de Bréda et protégea Descartes contre les magistrats d'Utrecht ; M. Brasset résident de France à la Haye, ami et correspondant du philosophe auquel il rendit service dans l'affaire qu'il eut contre les théologiens et les ministres de Leyde, Schoock qui se joignit à Voetius pour écrire contre Descartes, Stampion fils d'un mathémacien d'Amsterdam et qui se rendit fort ridicule par une gageure avec M. Vassenaer le fils par lequel il fut battu, etc.

Ce Stampion était un véritable charlatan qui attaqua de la manière la plus hardie et sur un point de mathématiques le jeune Vassenaer. Ce dernier confondit l'ignorance de son antagoniste en répondant selon les principes de Descartes.

Les lettres qui suivent sont datées de quatre endroits différents. De Hautporte près d'Alkemar, de Leyde, d'Egmond du Hœf, et d'Endegeest.

La dernière de ces localités située près de Leyde à deux lieues seulement de la Haye semble avoir été plus que les autres appropriée aux goûts solitaires et méditatifs du philosophe. Voici en quels termes M. le comte Foucher de Careil décrit cette charmante résidence :

« Une visite récente à Endegeest nous permettra, dit-il, de décrire le lieu et les abords de la retraite de Descartes. Quand on sort de Leyde, vers le Nord-Ouest, on trouve une prairie couverte de troupeaux et coupée par de nombreux cours d'eau, dont un est navigable en barque. Une chaussée en briques traverse la prairie et tourne à gauche vers un bois de haute futaie à travers lequel on aperçoit des maisons de briques couvertes de tuiles avec leurs parterres en fleurs. Une grille porte ces mots *Endegeest* et une allée sablée conduit au château qu'habitait Descartes vers 1641. Une sorte de portique aux armes des Gevers qui sert de galerie en été, de serre en hiver, donne accès dans une cour d'honneur, et le manoir d'Engedeest présente sa façade de briques un peu écrasée, mais flanquée de deux pavillons. Quelques marches conduisent dans les appartements intérieurs. Au premier, on montre encore dans l'une des tours une chambre de forme octogone terminée en coupole qui donne sur les grands arbres du côté opposé à Leyde et à ses moulins. C'était la chambre de Descartes. Dans la cour règne une galerie couverte; c'était, nous dit-on, le promenoir du philosophe. On remarque encore les charmilles de hêtre du côté du parc, et le parterre de forme bizarre que Descartes se plaisait à cultiver. »

Les séjours de Hautporte et d'Egmond lui offraient aussi leurs avantages en favorisant pour lui l'exercice de la Religion romaine. Il y avait là une église pour les catholiques fort nombreux dans cette contrée.

Quant à la résidence de Leyde en 1640, elle plut à Descartes en raison de son climat. Le philosophe avait l'intention de se loger dans une maison de campagne non loin d'Ultrecht, pour faire plaisir à Régius et aux autres amis qu'il avait dans cette ville. Mais le climat de cette dernière localité lui paraissant trop violent il alla demeurer à Leyde.

# LETTRES INÉDITES

DE

# DESCARTES

## I

Monsieur,

Ayant veu plusieurs marques de vostre bienvueillance tant dans la lettre que M. Renery a receue icy de votre part que dans une autre que vous m'avez fait l'honneur de m'écrire l'esté dernier avant le siege de Breda, ie pense estre obligé de vous en remercier par celle-cy, et de vous dire que i'estime si fort les personnes de vôtre mérite, qu'il n'y a rien en mon pouuoir que ie ne fasse très volontiers pour tasher à me rendre digne de votre affection. Que si tous les hommes estoient de l'humeur que ie vous croy, ie vous asseure que ie n'aurois nullement deliberé touchant la publication de mon monde, et que ie l'aurois fait imprimer, il y a dejà plus de deux ans, mais les raisons qui m'en ont empeché me semblent de iour à autre plus fortes, et si ie ne puis si bien faire que certaines gens ne trouvent aucune occasion de me reprendre, i'aime mieux que ce soit desormais mon silence qu'ils blâment, que mes discours. Je tiens à grand honneur que vous veuilliez prendre la peine d'examiner ma Geometrie, et ie vous garde l'un des six exemplaires qui sont destinez pour les six premiers qui me feront paroître qu'ils l'entendent. Pour le petit escrit de Méchaniques que i'envoyai il y a quelque temps à M. de Zuylechem, ie ne m'y suis reservé aucun pouvoir et ainsi comme ie ne saurois trouver que très bon qu'il vous le communique, s'il luy plaist, aussi ne saurois ie trouver mauvais qu'il s'en abstiene pour la honte que i'ay qu'on voye de moy un escrit si imparfait, ie suis

Monsieur

Votre très humble et très acquis serviteur.

Descartes.

Du 12e février 1638.

## II

Monsieur,

Ie n'ay receu la lettre que vous m'avez fait l'honneur de m'ecrire que le 4 de ce mois bien qu'elle soit dattée du 15 du precedent, ce que ie marque afin que vous sachiez que ie n'ai point différé à y repondre a dessein de vous ôter l'occasion de me faire la faveur de venir icy suivant l'offre que vous en faites. Il est vray que i'aurois trez mauvaise grace de vous convier à prendre de la peine pour vous rendre en un lieu ou vous ne sçauriez étre si bien receu que vous meritez, et les regles de la bienseance me le deffendent, mais ne peuvent m'empecher de vous témoigner que si neanmoins il vous plaît de le faire i'en seray trez aise et vous en auray obligation. Ce que ie vous eusse écrit dez hier sinon que i'ay voulu prendre ce jour pour voir le livre qu'il vous a pleu m'envoyer. Je m'asseure que vous attendez que ie vous en mande mon opinion, mais ie m'en dispenseray s'il vous plaist jusques à ce que i'aye l'honneur de vous voir; car ie n'en sçaurois rien dire de vray qui ne soit trop au desavantage de l'autheur, et si c'est un homme que vous aimiez ie seray trez marry de luy deplaire. J'ay fort plaint la mort de Mr Renery, i'allay pour le voir si tost que i'eu apris que son mal avoit passé les bornes d'une simple fièvre, mais i'en avois été averti si tard que ie ne le trouvay plus en estat de recevoir aucune assistance de ses amis, et mon voyage fut en tout si peu heureux que même ie ne vous trouvay point à Utrecht où ie pensois que vous fissiés votre demeure. Je croirois vous faire un mauvais compliment si ie plaignois icy l'incomodité que vous eûtes l'année passée car tout philosophe que ie suis, i'aimerois mieux avoir été pris avec vous si ie m'étois trouvé en même occasion que de m'être retiré avec les autres mais ie me réiouis de ce que vous estes en bonne disposition et suis

Vostre, etc.

DESCARTES.

De Hantporte à une lieue de Harlem vers Alkmaer le 6me may 1639.

## III

Monsieur,

Ce n'est icy que de mauvais papier que ie vous envoye et c'est plutost une importunité qu'un present, mais pour ce que lorsque i'eu dernierement l'honneur de vous voir vous temoignates vouloir prendre la peine d'envoyer un de ces mauvais liures à la Haye j'ay pensé que ie ne devois pas oublier de vous en faire presenter deux par Waessenaer et ie luy mande aussi qu'il y ioigne un certain Pasquil que Stampion a fait cy-devant contre luy sans avoir jamais été offensé par luy en la moindre chose; car c'est une pièce qu'il me semble mériter d'être veue par ceux qui ont quelque interest à connoitre les mœurs de cet homme, principallement s'ils sont avertis que la solution qu'il promet là n'est pas plus possible que de blanchir un More, et qu'en gourmandant Waessenaer comm'il fait pour ce qu'il avoit

Escrit qu'il n'y a point de regle pour de telles impossibilités que luy se vante de sçavoir, ses injures et ses calomnies sont d'autant plus grandes que tout ce qu'il dit est plus extravagamment et plus ridiculement faux. Mais c'est trop vous entretenir d'un si sale sujet et ie n'ajouteray autre chose, sinon que ie suis, etc.

DESCARTES.

De Leyde ce 7me may 1640.

---

## IV.

Monsieur,

J'avois déjà cy deuant ouï dire tant de merveilles de l'excellent esprit de Madame la Princesse de Boëme, que ie suis pas si étonné d'aprendre qu'elle lit des Escrits de méthaphisique, comme ie m'estime heureux de ce qu'ayant daigné lire les miens Elle témoigne ne les pas desaprouver, et ie fais bien plus d'Estat de son jugement que celuy de ces Mrs les Docteurs qui prenent pour de la verité les opinions d'Aristote, plutost que l'evidence de la raison. Je ne manqueray de me rendre à la Haye si tost que ie sçauray que vous y serez, affin que par votre entremise ie puisse avoir l'honneur de lui faire la reverence et recevoir ses commandemens. Et pour ce que j'espere que ce sera bientost ie me reserve à ce temps là pour vous entretenir plus au long et vous remercier des obligations que ie vous ay, ie suis etc.

DESCARTES.

D'Endegéest le 6me d'octobre 1642.

V.

(Cette lettre est adressée à M. Van Surek.)

Monsieur,

Je vous considère comme un bon Ange que Dieu a Envoyé du Ciel pour me secourir, et pour ce que c'est votre seule vertu qui vous a fait avoir pitié de mon innocence avant même que vous m'eussiez jamais vû, ie me tiens plus asseuré de votre bienveuillance que si ie l'avois acquise d'autre façon. C'est pourquoi ie prends icy la liberté de vous supplier trez humblement, puisque vous jugez qu'il n'y a que l'authorité de son Altesse meüe par l'intercession de M. l'ambassadeur qui me puisse tirer hors des pieges qu'on m'a tendus, de me vouloir tant obliger que d'en parler à l'un et à l'autre pour leur faire entendre l'estat de l'affaire et le grand besoin que i'ay de leur aide, et aussy combien il est equitable qu'ils me secourent. J'en Ecris particulierement à M. l'ambassadeur, et luy mande que vous le verrés et irez avec lui s'il luy plaist chez son Altesse, car M. de Pollot m'a fait esperer que vous ne me refuserez pas cette faveur et ie seray toute ma vie, Monsieur, etc.

DESCARTES.

Du Hœf en Egmond le 17e octobre 1643.

---

VI.

(à M. de Pollot.)

Monsieur,

J'ay eu trois fois la plume à la main pour escrire à M. Vander Hoolek et trois fois ie me suis retenu car en relisant les lettres que vous m'avez fait l'honneur de m'escrire, ie ne me trouve point encore hors de scrupule, et quoique ie ne doute point que M. Vander ne me veuille du bien et qu'il ne soit trez honnête homme, ie ne laisse pas de craindre que pour sauver l'honneur de sa ville il ne veuille conduire les choses d'un biais qui ne me soit pas avantageux, car vous me mandés qu'on a trouvé des expédiens pour faire que la cause ne se termine point par sentence, et pour moy de l'humeur que ie suis j'aimerois mieux qu'ils me condamnassent et qu'ils fissent tout le pis qu'ils pourroient pourveu que ie ne fusse pas entre leurs mains, que non pas que la chose demeurat indécise, car cela etant il serait touiours en leur pouvoir de la renouveller quand ils voudroyent, Et ainsy ie ne serais iamais assûré, outre qu'ils m'ont deja diffamé en condamnant mon livre comme fameux et me faisant citer par l'Escoutete, en l'absence duquel mardy qui estoit le jour de l'assignation son procureur demanda deffaut et prise de corps contre moy, sur quoy les juges n'ordonnèrent rien mais remirent l'affaire à une autre fois. Les choses étant en ces termes ie ne vois point d'expédient pour me tirer du pair que de prendre à partie l'escoutete et les Magistrats qui m'ont desja condamné sans avoir aucun pouvoir sur moy, et employer le crédit de M. l'ambassadeur pour demander à Son Altesse que ie puisse avoir des juges non suspects qui décident l'affaire, c'est chose qu'on ne peut refuser, et cette cause a desja été jugée en ma faveur par tant de milliers d'hommes qui ont leu les livres de part et d'autre que des juges qui auront tant soit peu leur honneur en recommandation n'oseroyent manquer de me faire Justice. Je scay bien que cela me donneroit de la peine, mais ie scay bien aussy qu'en quelque façon que la chose tournast elle seroit grandement au deshonneur de Mrs d'Utrecht, et selon toutes les regles de mon Algebre je ne voy pas qu'ils se puissent exempter de blasme si ce n'est qu'ils veuillent eux-mêmes ouvrir les yeux pour reconoistre les impostures et calomnies de V. (1) et qu'en le condamnant ils m'absolvent et declarent qu'ils avoyent été mal informés. Ce qui seroit fort aisé s'ils le vouloyent, car toute leur action contre moy étant fondée à ce que i'entens sur ce que V. déclare n'estre point complice du livre de Schook, pour peu qu'ils s'en veuillent enquerir ils trouveront aisement le contraire, et puisqu'il a demandé d'eux une si rigoureuse punition des calomnies qu'il pretend que i'ai Escrites contre luy, par ses mêmes loys ils auront droit de le chatier pour celles qu'il a fait escrire contre moy. Ou bien si ie ne vaux pas la peine qu'ils me fassent Justice en cela, s'ils veulent seulement avoir égard à ce qu'il a fait contre Mrs de Boisleduc, ils ne trouveront que trop de sujet pour le condamner.

(1) Il s'agit de Voëtius.

Je vous diray donc icy entre nous que si M. Vander Hooleck medite quelque chose de semblable et qu'il se promette d'en pouvoir venir à bout avec le temps, ie seray bien ayse de temporiser, et de faire cependant tout ce qui sera en mon pouvoir pour y contribuer. Mais s'il veut seulement tacher d'assoupir les choses affin qu'on n'en parle plus, c'est ce que ie ne désire en façon du monde, Et plutost que de m'attendre à cella, ie me propose d'aller demeurer à la Haye pour y soliciter et demander justice, jusques à ce qu'elle m'ayt été rendue ou refusée. C'est pourquoy i'ose vous supplier de vouloir un peu plus particulierement sçavoir son dessein s'il est possible, je suis desja si accoutumé à vous donner de la peine qu'il me semble avoir droit de vous en donner encor davantage, et toutefois ie ne sçaurois estre plus que ie suis, Monsieur

DESCARTES.

Du Hœf le vendredi 23e octobre 1643.

---

## VII.

(A M. Van Surek à la Haye).

Monsieur,

Après la lettre de femme que vous avez veue i'en ay encore trouvé icy une d'un homme, et d'un homme qui ne s'epouvante pas aisement, en laquelle il repete la même chose, et qu'il y a un accord, entre les Provinces d'Utrecht et de Holande que les sentences qui se font la se peuvent exécuter icy. On me dit de plus qu'il ont escrit pour cella à la Cour de Hollande, de façon que s'ils y obtiennent ce qu'ils desirent il pourroit arriver que sans que i'y pensasse on viendroit à Hoef saisir mes papiers qui est tout le bien qu'ils pourroyent saisir, et brusler cette malheureuse philosophie qui est cause de toute leur aigreur, et il ne se faut pas reposer sur ce que selon les formes on doit encore attendre quelques defauts, car ils sont resolus de faire tout contre les formes, c'est pourquoy ie vous prie de voir M. de Pollot et luy communiquer cette lettre pour le prier de voir M. Brasset et faire qu'il continue le dessein qu'il avoit dimanche de supplier son altesse qu'il luy plaise en faire escrire de sa part au provost d'Utrecht pour faire cesser ces procedures.

Je suis etc.

DESCARTES.

De Leyde en passant le mardy à midy.

VIII.

(A M. de Pollot.)

Monsieur,

Vous avez beaucoup plus fait pour moy que ie n'eusse peu faire moy-même, voir que ie n'eusse osé entreprendre, et les recommandations qui viennent de vous ont sans comparaison plus de poids que celles qui viennent de moy, c'est pourquoy i'attribue à mon bonheur que ie ne me suis point trouvé ces jours à la Haye: — mais neanmoins ie vous promets de ne manquer pas d'y aller une autrefois au moindre avis que i'auray de vous ou de quelqu'autre de mes amis qui le juge a propos. Mais M. l'ambassadeur ayant declaré qu'il entreprendroit mon affaire à bon escient, et son altesse même m'ayant fait la faveur d'en faire escrire et d'en parler, il ne me semble pas que ie doive rien craindre, et ie me propose d'en attendre les evenemens sans inquietude.

On m'ecrit d'Utrecht que messieurs les Etats de la province ont esté assemblez les trois derniers jours de la semaine passée, et qu'ils ont disputé avec beaucoup d'animosité touchant les privileges de leur Academie, mais que la ville a été contrainte de ceder aux chanoines et aux nobles, et de casser ce qu'elle avoit fait, on me mande aussy qu'entr'autres propos le President avoit fait mention des mauvaises procedures dont on usoit contre moy, et ce que i'admire le plus c'est qu'on aioute que Mrs du Vroetschap se persuadent que c'est moy qui suis cause de ce qu'on leur a fait rompre ce qu'ils avoyent fait et qu'ils sont d'autant plus irritez contre moy. Quelques uns d'eux on tenu aussi des discours en presence de ceux qu'ils pensoyent que i'en serois averty, qui temoignent qu'ils craignent que ie reponde à leur *testimonium academiae etc...* et en effet si la chose en valoit la peine il ne me faudroit qu'une après dinée pour faire voir bien clairement l'impertinence et la mauvayse foy de ceux qui l'ont escrit, mais vous savez que ie l'ay jugé indigne de reponse si tost que ie l'ay veu, et mon affaire etant en si bonne main comme elle est, ie ne suis pas si indiscret que d'entreprendre aucune chose sans commandement ou permission. On m'a mandé aussi qu'on avoit recommencé d'imprimer le livre de Schoock contre moy et qu'il y a longtemps que les trois premieres feuilles sont faites, mais que le reste ne vient point, et comme on croit ne viendra point. C'est grand pitié que de n'aller pas le droit chemin, on est contraint de retourner souvent sur ses pas, et on prend beaucoup de peines inutiles, ie ne me remue point tant, mais graces à Dieu ie vay toûiours un même train, et ie suis toûiours avec la même passion etc...

DESCARTES.

Du Hoef le 17 Mars 1643.

## IX.

Monsieur,

Sur ce que vous m'ecriviez dernierement de M$^{me}$ la Princesse de B. i'ay pensé estre obligé de luy envoyer la solution de la question qu'elle croit avoir trouvée et la raison pourquoy ie ne croy pas qu'on en puisse bien venir à bout en ne supposant qu'une racine. Ce que ie fais neanmoins avec scrupule, car peut estre qu'elle aimera mieux la chercher encore que de voir ce que ie luy en escris, et si cella est ie vous prie de ne luy point donner ma lettre si tost. Je n'y ay point mis la datte peut estre aussy qu'elle a bien trouvé la solution mais qu'elle n'en a pas acheve les calculs qui sont longs et ennuyeux et en ce cas ie seray bien ayse qu'elle voye ma lettre car i'y tache à la dissuader d'y prendre cette peine qui est superflue. Je suis, etc.

DESCARTES.

X.

Monsieur,

Je n'avois point encore ouy ce que vous m'apprenez à scavoir que MM. les Députés ont tiré parolle des Bourguemaistres et Eschevins qu'ils ne passeroyent point outre en leurs procedures contre moy. Mes amis d'Utrecht ne m'ont rien escrit de semblable mais bien au contraire que ces MM. de Vroetschap sont plus animés contre moy qu'auparavant pour ce qu'ils pensent que c'est moy qui suis cause qu'ils ont esté contraints de revoquer les nouvelles loix de leur Académie; et veritablement en tant que ça été à dessein de me desobliger que mon ennemi les avoit portés à le faire et que s'ils ne les eussent point faites ils n'eussent point été forcés à les rompre. Même on m'a menacé depuis de leur part que si ie repondois au livre intitulé : Testimonium Academiae où il m'accusent d'avoir rempli mes escrits de menteries, sans toutefois qu'ils en puissent marquer aucune, et ils ont fait imprimer ce livre depuis que M. le Rierseroit leur eut escrit en ma faveur par le commandement de S. A.; ils m'ont dis-ie fait menacer qu'ils se saisiroyent de certaine rente qu'ils ont sceu que i'avois en cette province et ainsi ils veulent que ie me laisse battre sans me deffendre et estre les maitres de l'honneur et des biens d'un homme qui n'est point leur suiet et qui ne leur a iamais fait aucun deplaisir. Sans que le nom de son Altesse, ni la justice de ma cause, ny les iugemens de tous les gens d'honneur de ce pays qui leur donnent le tort les en détourne. Ce qui me fait croire qu'ils se laissent encore conduire par l'esprit violent de mon ennemy et que cette brouillerie n'a servy qu'à l'affermir en sa puissance. Mais ie n'ay pas peur pour cella qu'ils me nuisent, et ie n'escris point cecy pour diminuer l'obbligation que i'ay à ceux qui m'ont fait la faveur de s'employer pour moy, au contraire ie l'estime d'autant plus grande que ie voy que ceux qui me vouloyent nuire sont plus animés contre moy, et ie n'eusse osé rien esperer de si avantageux que d'estre ainsi tiré à haute lutte hors de leurs mains par les deux principaux membres de leur Estat. Je ne suis pas marry aussy que cette occasion m'ait fait employer beaucoup de personnes, c'est a faire à ceux qui sont d'humeur ingrate de craindre d'estre obligés à quelqu'un, pour moy qui pense que le plus grand contentement qui soit au monde est d'obliger, ie serois quasi assés insolent pour dire à mes amis qu'ils me doivent du retour lorsque ie leur ay donné l'occasion de le recevoir en me laissant obliger par eux. Mais surtout ie pense avoir beaucoup gagné en ma querelle pour ce qu'elle est cause que i'ay l'honneur d'estre connu de son Altesse et de luy avoir de très grandes obligations; car enfin c'est à sa seule faveur que ie doy maintenant ma seureté et mon repos qui sont les biens que i'estime le plus au monde. Tout ce que MM. les Députés ont fait n'a été qu'à sa considération et ie m'asseure que vous même, bien que ie ne doute nullement de l'affection que vous m'avez touiours temoignée, n'auriez osé iamais tant faire pour moy si vous n'aviez iugé que Son Altesse ne l'auroit pas desagréable. En fin comme ie croy que MM. du Vroetschap d'Utrecht me veulent à cause qu'ils pensent m'avoir desobligé sans que ie leur en aye donné aucun suiet ainsy i'ose maintenant me persuader que Son Altesse me veut du bien veu qu'elle m'en a deja beaucoup fait sans que ie l'eusse merité par aucun service. Mais pour ce que ie n'ay l'honneur d'en estre connu que par le favorable raport que vous et M. de Zuylechem luy pouvez avoir fait de moy, ie ne laisse pas en achevant mon calcul de trouver que c'est encore à vous que ie dois tout. Aussy suis-je, M. etc.

DESCARTES.

Du Hoef le 30 Nov. 1643.

---

# XI

Monsieur,

Ie ne pouvois recevoir d'estrenes à ce nouvel an que i'estimasse davantage que les lettres que vous m'avez fait la faveur de m'écrire, non seulement à cause qu'elles m'asseurent de votre amitié de laquelle i'avois desja tant d'autres preuves que ie serois le plus ingrat du monde, si ie ne manquois de la croire et de m'efforcer par tous moyens de la mériter, mais aussi à cause que vous m'apprenez que son Altesse n'a pas desagreable le desir que i'ay de luy pouvoir rendre service en l'affaire dont ie vous avois parlé, Ce qui me persuade que ie pourrois peut estre ne luy estre pas inutille en cella, est qu'estant dernierement à la Haye M. de Bergue me fit voir chez lui un avocat nommé ce me semble Bergoes, qui me montrant en la carte generalle de Holande le lac qui est entre Dort et Geertruydemberg me dit que la question consiste en ce qu'une partie de ce lac appartenant à son Altesse et l'autre à la Comté de Hollande, les limites qui distinguent ces deux seigneuries ont autrefois esté mesurées par la distance de certaines places imobiles et par le Nord et le Sud et qu'après cella on a ietté certaines pierres dans l'eau pour les marquer et que maintenant les lieux où ces pierres se trouvent diffèrent bəaucoup de ceux qui montrent ces mesures, et nommement qu'elles sont plus proches du costé de Geertruydemberg et aussy que l'eau y est plus proffonde et que les pescheurs de l'autre costé se réglant sur cette proffondeur de l'eau se sont avancés peu à peu vers la, et aussy ont usurpé une pocession au preiudice de son Altesse : car ie pense pouvoir démontrer par une raison de mechanique très certaine que ces pierres tant grosses qu'elles soient doivent avoir changé de place et s'être avancées vers Geertruydemberg parce que la terre s'y trouve plus basse que vers l'autre costé ou il dit qu'elle commence à se seicher et peut estre qu'étant sur les lieux et y considérant les divers cours des eaux de ce Lac on pourroit deschiffrer la raison pourquoi chaque pierre a plus ou moins changé de place; car ie ne doute qu'elles n'ayent changé en tant qu'elles manquent à s'accorder avec les mesures des Arpenteurs lesquels ne sauroyent avoir gueres failly parce qu'ils les ont prises en diverses façons. Et ce qu'on allègue touchant la déclinaison de l'aymant n'a aucune force, car on a corrigé toujours dans les Boussoles, et bien qu'elle eut esté autre il y a cinquante ans qu'elle n'est à présent, les Boussoles d'alors n'auroyent pas laissé de montrer le Nord au même lieu que font celles d'aujourd'huy. Mais ie n'ose encore rien asseurer de tout cecy parce que ie n'en ay qu'une trop légère instruction, ie puis seulement dire que ie seray prest en tout temps et à toutes heures pour aller sur les lieux et faire tout ce qui me sera possible pour tacher de rendre quelque peu de service à son Altesse et que ie le tiendray à un extreme bonheur si i'en suis capable.

Je n'ay jamais fait de traité de l'aymant mais la troisième partie de ma philosophie que i'escris en latin en contient les principes. Et i'en explique les propriétés à la fin du quatrième, laquelle j'achève maintenant, en sorte que i'en suis en cet endroit-là, sitôt que ie les auray escrites en latin, ie ne manqueray de vous les envoyer aussy en françois car il ne me faudra que deux ou trois heures pour les y mettre, mais il me faudra peut-être quelques semaines pour les digérer en latin, car i'ay quantité d'autres occupations et le libraire qui a commencé d'imprimer ce livre ne pouvant arriver à la fin de deux ou trois mois, ie ne me hate pas de l'achever et n'y pense qu'au jour où il ne me survient point d'autre affaire.

Je suis extremement aise de ce que vous avez répondu à M. Brasset que je desire justice, et ie luy suis obligé de ce qu'il a promis de prier M. l'Ambassadeur d'écrire pour me le faire obtenir. Ie voy par là qu'il est plus officieux par effet que par apparence, et c'est cette sorte d'amis que i'estime le plus. Ce qu'il me dit dernièrement en vostre presence m'empeche de presser davantage l'affaire, car mon humeur n'est pas de naviger contre le vent; et bien qu'il m'eut parlé plus favorablement deux ou trois jours après et que M. l'Ambassadeur m'ait offert depuis cella son assistance avec toute la franchise que ie pouvois souhaiter, il me semblait toutefois devoir attendre pour ne me rendre pas importun. Maintenant puisque i'espere de sa part il faut que ie tache de cooperer à sa grace pour ne la rendre pas infructueuse et pour cest effet j'ecriray aussy deux lettres en forme de requête l'une à luy pour luy expliquer les raisons qui m'obligent d'avoir recours à sa faveur et qu'elle puisse estre jointe à la sienne, s'il le iuge à propos, l'autre à MM. de Groningue pour leur faire voir l'équité de ma cause. J'écriray ces deux lettres en *latin* si ce n'est qu'on iuge plus decent que i'escrive à Mons[r] l'ambassadeur en françois. Et pour ce que i'habite dans le desert permettez-moy que ie vous demande à vous qui estes maitre des ceremonies comment ie dois mettre la superscription de ces lettres pour Mr de Broningue. Je croy que c'est *Illustrissimis et præpotentibus Grœningæ atque Omlandiæ Ordinibus*, mais pour M. l'ambassadeur ie serois bien ayse de l'apprendre de Mr Brasset affin de mettre en la meilleure façon et la plus avantageuse, aussy bien ne saurois-ie envoyer ces lettres que dans 8 jours car nous n'avons point icy de messager asseuré que celuy qui part le Samedy d'Alkemar, et ie luy dois envoyer celle-cy dès ce soir deux ou trois heures après avoir receu votre pacquet, dans lequel i'ay trouvé une lettre qui m'apprend encore de fort bonnes nouvelles du côté de Groningue comme celluy qui me l'a envoyée vous pourra dire. Je suis, Monsieur, etc.

DESCARTES.

Du Hoef le premier jour de l'an 1644, que ie vous souhaite heureux et cent autres après.

## XII

Monsieur,

Ma colère n'est pas si violente que ie ne puisse fort bien attendre jusques à la fin du règne de mon adversaire si on juge que ie ne puisse pas facilement avoir raison de luy sans cella, et cel la est cause que ie n'envoyerai point encore ma requête à M. l'Ambassadeur à ce voyage, mais ie ne lairray pas de l'envoyer dans 8 ou 15 jours car il n'importe pas qu'elle arrive un peu trop tost, mais suis encore en doute si i'en dois faire aussy une pour Mrs de Groningue car je me souviens que M. de Brajomckel me dit dernierement qu'il n'était pas besoin et que M. l'Ambassadeur me faisant la faveur de leur demander justice pour moy, ils seroyent obligés de la faire sans que ie me rendisse partie, et cella me semble aussy fort raisonnable, car Vœtius n'ayant rien fait en son nom à Utrecht et le Magistrat seul s'en estant meslé, ils ont rendu l'affaire publique, j'ay encore trouvé ces paroles d'avis dans la lettre enclose avec vostre dernière. S'il vous plaist d'aller à Groningue avec les lettres de S. Al. et des Ambassadeurs pour demander justice vous l'obtiendrez sans doute et fort avantageuse. Mais ie ne considere en cella que les derniers mots car il n'y a point d'apparence de desirer des lettres de son Altesse pour cella et ie croirois faire tort à M. de la Thuillerie si ie m'adressois à d'autres ambassadeurs que luy, et sur ces seules lettres ils seront plus obligés de faire iustice que si i'allois là les porter car ils me pourroyent payer de delais infinis. Au reste il m'importe extremement de demander iustice à Groningue car on m'assure que Schoock a desja dit que s'il estoit attaqué par moy il déclareroit librement ce qui estoit de luy et ce qui estoit de Vœtius, que la préface qui est le pire de tout n'est nullement de luy, et que le Magistrat dit avoir veu des lettres qu'il avoit escrites à Vœtius ou il mandoit qu'il prevoyoit bien que ce livre ne luy tourneroit pas à honneur, et qu'il n'entreprenoit de l'escrire que pour l'amour de luy, et qu'il s'appuyoit sur son authorité, ainsy peut-estre qu'on découvrira diverses choses par son moyen. Et si ie puis avoir sa deposition ie ne doute point que ie n'obtienne aussy justice à Utrecht. Je remercieray cy-après M. Brasset de ce qu'il a fait pour moy, et de ce qu'il a disposé aussy M. Aldringa a escrire. Ie viens de lire les Thèses d'un Professeur en Philosophie de Leyde qui s'i déclare plus ouvertement pour moy et me scite avec beaucoup d'eloges que n'a iamais fait M. de Roy. Il a fait cella sans mon conseil et sans mon sceu car mesme il y a trois semaines qu'elles sont imprimées et je ne les receus que hier mais elles fascheront fort mes ennemis, car il y a quelque temps que ce mesme en ayant fait d'autres *de fermis subtantialibus*, ou il sembloit estre pour Aristote, et toutefois en effet il estoit pour moi, à ce qu'on m'a dit car ie ne les ay point veues, Voëtius luy escrivit aussytôt pour luy congratuler et l'exhorter à continuer. On me mande aussy qu'il y en a un à Groningue qui veut estre de mon coté, ces choses là, ne me touchent guères, mais ce sont des coups d'état pour mon adversaire qui ie croy ne dort pas si bien que moy. Je vous suis obligé si extremement et suis encore en train de vous tant importuner que ie n'en ose parler ni vous dire autre chose sinon que ie suis, Monsieur, vostre, etc.

DESCARTES.

Je joins icy trois lettres deux desquelles viennent de France et seront s'il vous plaist adressées par quelqu'un de ses gens qui portera aussy la 3e à M. de Mory et à Mme de Wilhelm afin qu'ils luy fassent trouver le chemin de Boisleduc car ie ne scay si i'ay bien mis l'adresse.

Du Hoef le 8e janvier 1644.

## XIII.

Monsieur,

Je viens d'apprendre que le règne de Schoock dure encore si longtemps que ie ne voy aucune apparence d'en pouvoir attendre la fin, qui ne sera, ainsy qu'on escrit que vers les jours caniculaires. C'est pourquoy i'ay escrit mes lettres et vous les envoye ouvertes afin que s'il y manque ou qu'il y faille changer quelque chose vous m'obligiez de m'en avertir, la longue lettre latine n'est pas seulement pour me servir à présent, mais aussy pour être une partie de mon apologie en cas qu'on me contraigne d'en escrire une. Il me semble que le rectorat de mon adversaire ne luy peut gueres ayder, car il n'y a point d'apparence que les lettres où on se plaint directement de luy soient mises entre ses mains ni par conséquent qu'il puisse empêcher qu'elles ne soient veues; et ceux qui m'ont asseuré que i'aurois justice ont bien sceu qu'il est Recteur et que c'est aux Professeurs à connoitre de sa cause et toutefois il n'y ont pas fait de difficulté. Je croy qu'il importe beaucoup que Mr Aldringa escrive avec Mr l'Amb. car il leur pourra temoigner qu'on prend l'affaire à cœur, et afin qu'il ne semble pas que ma cause soit peu favorable, d'autant qu'on iuge à l'abord que c'est une vengeance que ie demande, je seray bien ayse qu'on sache que mon intention n'est pas de faire aucun mal à Schoock, mais seulement de me delivrer des persécutions d'Utrecht, de la continuation desquelles ie suis encore tous les iours menassé de la part des Voetius et je ne voy point d'autre moyen pour les faire cesser qu'en contraignant Schoock à dire la verité ou bien à estre condamné, j'obmets les compliments, car ce que ie vous dois est au delà de toute expression et ie suis, Monsieur, etc...

DESCARTES.

Je vous laisse la peine de cacheter s'il vous plaist les encloses.

Du Hoef le 15e Janvier 1644.

## XIV.

Monsieur,

Sur ce que vous m'avez fait la faveur de me mander, des difficultés de Mr Brasset, et aussy que Mr Aldringa iuge à propos que les lettres soyent adressées au Senat academique, je vous envoye encore un mot de requete ou ie croy n'avoir rien mis qui ne se puisse aussy bien rapporter aux effets de la Province qu'au Senat academique, et i'ay obmis le tittre afin qu'il y puisse estre ajouté selon que vous et ces Mrs iugerez à propos car il n'importe pas qu'il soit escrit d'une autre main que de la mienne, et peut-être que Mr l'Ambassadeur ne voudra escrire qu'aux Etats, mais si Mr Aldringa le conseille ma requête ne lairra pas d'etre adressée au Senat, et cela ostera aussy la difficulté de M. Brasset, car ie ne demande autre chose de M. l'Ambassadeur sinon qu'il veuille recommander mon affaire, et ce que

que j'avois ajouté que comme le magistrat d'Utrecht a entrepris l'affaire pour Vœtius, ainsy i'esperois qu'il l'entreprendroit pour moy, ce n'est point afin qu'il le scashe ny afin qu'il face rien de plus pour cela, mais à cause que l'affaire est si claire que i'espere que la seule recommandation me le fera gagner et aussy que Mr de Brasjonkel m'avoit dit que ce seroit assez que Mr l'Ambassadeur prist la peine d'escrire en ma faveur sans qu'on joignisse les lettres. Au reste vous m'obligerez en tout si extremement que ie me ferois tort à moy-même si je vous priois d'aucune chose en particulier car vous faites toujours plus pour moy que je n'ay osé desirer, et afin que vous ne preniez point plus de peine que la chose ne vaut, ie vous diray seulement en géneral que tout mon dessein est de demander justice en la meilleure façon que ie pourray pour satisfaire à ma conscience et sans me soucier beaucoup si on me la fait ou non car ie croy que cela importe plus aux juges qu'à moy. Je suis ravy de ce que son Altesse a daigné faire reflexion sur ce que ie vous avois escrit touchant son procès. J'avois tasché d'expliquer tout le point auquel ie me suis imaginé luy pouvoir peut-estre rendre quelque peu de service; affin de pouvoir avoir l'occasion s'il m'en iuge capable, ce que ie tiendrois à un extrême bonheur et aussy afin de ne m'ingerer pas importunement en chose ou ie sois inutile, si le cas est autre qu'on me l'avoit fait imaginer. Je seray ravy aussy de repondre aux questions que vous me mandez avoir à me proposer et ie seray toute ma vie, Monsieur, etc...

DESCARTES.

Du Hoef le 22e Janver 1644.

---

## XV.

Monsieur,

La rencontre de 4 ou 5 visages Français qui descendoyent de chez la Reyne au meme moment que ie sortois de chez Me la Princesse de Boëme fust cause que ie n'eus pas dernierement l'honneur de vous revoir, et que ie m'en alay sans dire à Dieu. Car ayant ouy de loin qu'ils me nommoient et craignant que ces eveillés ne m'arretassent avec leurs discours à une heure que i'avois envie de dormir, ie me retiray le plus vite qu'il me fut possible, et n'eus loisir que de dire à un de vos gens, que ie vous souhoitois le bon soir.

Maintenant ie m'afflige d'apprendre que vous allez à Zutphen car ie crains que vous n'alliez de la en campagne et que cella ne m'oste le bonheur que i'esperois de vous trouver encore à la Haye dans quinze jours ou trois semaines que j'avois fait dessein d'y aller. Je ne me soucie pas tant du prompt départ de M$^{r}$ de la Thuillerie bien que cella peut estre aneantira mon affaire de Groningue, car ie ne l'ay jamais prise beaucoup à cœur. Mais ie ne laisse pas de vous avoir très grande obligation des peines que vous avez prises pour la faire reussir. Si vous passez de Zutphen à l'armée, je me propose de me rendre soldat pour quelques jours, et en quelque lieu que vous soyez ie ne me mettray point en route vers la France sans aller premierement recevoir vos Commandements et vous dire de bouche que ie suis de cœur et d'âme, Monsieur, vostre etc...

Descartes.

Du Hoef le 8$^{e}$ Avril 1644.

## XVI.

Monsieur,

Je ne recoy jamais de vos lettres que ie n'y remarque beaucoup de preuves de vostre amitié, et vos dernieres que ie n'ay receu que Lundy au soir bien qu'elles semblent avoir esté ecrites 15 jours plutôt, m'ont fort obligé de m'apprendre l'indisposition de Mme la Princesse de Boheme laquelle m'a tellement touché que ie serois allé à la Haye tout aussy tost que ie l'ay sceue sinon que i'ay trouvé à la fin de vostre lettre qu'elle se portoit beaucoup mieux qu'elle n'avoit fait auparavant, et il faut que ie vous avoue que depuis mon voyage de France ie suis devenu plus vieux de 20 ans que ie n'estois l'année passée en sorte que ce m'est maintenant un plus grand voyage d'aller d'icy à la Haye que ce n'eut esté auparavant d'aller jusques à Rome. Ce n'est pas pourtant que i'aye aucune indisposition graces à Dieu, mais ie me sens plus foible et pense avoir davantage besoin de rechercher mes commodités et mon repos. Ce qui est cause aussy que ie n'escris pas de la moitié tant de lettres que ie faisois auparavant, et ie n'avois point fait réponse à celle que vous m'avez fait la faveur de m'escrire il y a deux mois parce que ie n'avois rien alors à vous mander que de remerciemens et ie me suis tellement asseuré sur votre affection que ie n'ay pas douté que vous ne voulussiez bien m'en dispenser, aussy que vous me promettiez de m'écrire plus au long au prochain ordinaire, ce que i'escris à Mme la Princesse de Boëme pour m'excuser de ce que ie n'avois pas sceu plutost sa maladie à scavoir que i'attendois de jour à autre de vos lettres et que vous me faites touiours la faveur de me mander de ses nouvelles. Je ne manqueray pas d'examiner soigneusement les quatre bouteilles que vous m'avez obligé de m'envoyer mais ie n'ay pas encore eu assez de temps, tout ce que ie puis remarquer est que l'eau de la grande bouteille marque B. est bien moins agréable au goust que l'autre et sent le feu en sorte qu'on connoit qu'il y a dedans quelque liqueur tirée par distillation, et au contraire la petite bouteille marque B. semble être la plus pure car dans celle qui est marquée A, il y a quelque mélange de l'eau des grandes Bouteilles et le reste de la liqueur semble n'estre que de l'eau forte comune. C'est bien aussy une espèce d'eau forte qui est en la petite bouteille C. mais qui est ce semble tirée du sel comun de l'alun et du vitriol au lieu qu'en l'autre il y a aussy du salpestre pour la poudre rouge qui est au fonds ce doit estre du fer de la pierre d'aimant du plomb et du mercure mais ie n'ay pas encore eu le temps d'examiner lequel c'est de ces 4. Je n'ai peu aussy encore voir le lunetier pour lui faire reparer le defaut de sa lunette ou tacher d'en trouver une autre meilleure, ce sera pour la première occasion, et i'adresseray touiours mes lettres à votre logis de la Haye encore que vous fussiez parti pour l'armée si ce n'est que vous me mandiez une autre adresse. Au reste si vous me faites la faveur de venir faire icy une promenade auparavant ainsy que vous me faites esperer, je seray ravy d'avoir l'honneur de vous y voir et ie ne seache personne au monde que i'y receusse avec plus de joye. Je n'ay encore rien d'asseuré de Groningue mais cella m'est entierement indifferent, et ie suis resolu de les laisser faire sans iamais me remuer d'un pas ni escrire ou dire aucune chose a personne pour ce sujet. Je suis, Monsieur, etc.

DESCARTES.

D'Egmond le 18e May 1645.

## XVII.

Monsieur,

J'eu dernièrement beaucoup de regret en passant par La-Haye de ce que ie ne peu avoir l'honneur de vous y voir et peu s'en falut que cela ne m'obligeat à y retourner un jour ou deux aprés, mais la hate que i'avois de revenir continuer mes reveries auxquelles ie m'occupe maintenant avec d'autant plus d'assiduité que ie crains de n'en avoir pas si bien le loisir cy après, fust cause que ie pris le chemin de ce lieu le plustost qu'il me fust possible aussy que ie n'esperois point vous pouvoir rendre aucun service. Pour mon affaire d'Utrecht je suis bien resolu d'envoyer au Magistrat le factum, que vous avez veu avec une petite lettre que i'y ajouteray affin de les avertir de mon depart et leur faire voir que ie ne m'en veux pas aller sans leur dire adieu. Je n'attends que iusques à ce que ce factum soit transcrit pour leur adresser, mais ie me soucie si peu de la reponse qu'ils me pourront faire que ie croy ne devoir employer personne pour me les rendre favorables. Je vous suis cependant très obligé des offres qu'il vous a plû me faire et vous avez assez veu cy devant par experience que ie ne m'epargne pas à employer les personnes que i'honore et estime le plus, pour ce que ie suis bien ayse de leur avoir de l'obligation. Je me réjouirois de l'esperance que vous me donnez que ie pourray avoir l'honneur de vous voir à Paris si ie ne craignois que ce soit une marque de mecontentement que vous avez en ce païs. Mais je souhaiterois bien de vous voir icy si vous preniez plaisir à vous divertir quelques jours à la campagne, et que le voyage ne vous fust point incommode, nous nous pourrions entretenir à cœur ouvert et je vous puis assurer que je suis avec un zèle très parfait, Monsieur vostre très humble et très obeissant serviteur.

DESCARTES.

D'Egmond le 7 Février 1648.

www.ingramcontent.com/pod-product-compliance
Lightning Source LLC
LaVergne TN
LVHW020041170826
845678LV00001B/363

* 9 7 8 2 3 2 9 6 9 3 3 6 1 *